KB041886

천년의 시 0157

바람의 프로필

천년의시 0157

바람의 프로필

1판 1쇄 펴낸날 2024년 4월 26일
지은이 황금모
펴낸이 이재무
기획위원 김춘식, 유성호, 이형권, 임지연, 차성환, 홍용희
책임편집 박예솔
편집디자인 민성돈, 김지웅, 정영아
펴낸곳 (주)천년의시작
등록번호 제301-2012-033호
등록일자 2006년 1월 10일
주소 (03132) 서울시 종로구 삼일대로32길 36 운현신화타워 502호
전화 02-723-8668
팩스 02-723-8630
블로그 blog.naver.com/poemsijak
이메일 poemsijak@hanmail.net

황금모ⓒ, 2024, printed in Seoul, Korea

ISBN 978-89-6021-764-5
      978-89-6021-105-6 04810(세트)

값 11,000원

바람의 프로필

황 금 모 시 집

천년의시작

시인의 말

눈을 감고 귀를 모은다
아직은 설익은 소리가 난다
바람 소리, 빗소리, 풀벌레 소리
그 소리들과 내가 하나가 되어
공명이 될 때까지

더, 순해져야겠다

차 례

시인의 말

제1부 수묵화의 본적지

오카리나 ——— 13

물을 주다 ——— 14

수묵화의 본적지 ——— 16

바람의 프로필 ——— 17

곳곳의 날씨 ——— 20

포노 사피엔스Phono Sapiens ——— 22

돌이 멍들 때 ——— 24

봄눈 ——— 26

토르소는 무죄다 ——— 27

목류 ——— 28

배꼽은 왜 은밀한가 ——— 30

두부 ——— 32

멀미 ——— 34

손 ——— 36

절취선 ——— 38

제2부 눈밭과 놀았다

담 ——— 43

눈밭과 놀았다 ——— 44

사선의 휴일 ——— 46

그 방에 켜진 환한 불 ——— 48

슬리퍼를 찾다가 ——— 50

상처 ——— 52

양은그릇 ——— 54

오수午睡에 빠지다 ——— 56

탄성彈性 ——— 57

제자리를 지키는 비용 ——— 58

말, 이라는 ——— 60

선문답 ——— 62

얼음 호수에 서다 ——— 64

문門의 유래 ——— 66

곰팡이의 영토 ——— 68

제3부 나무들은 떤다

그날이 ——— 73

관계를 벗고 관계를 껴입다 ——— 74

나무들은 떤다 ——— 76

조새 ——— 78

복화술 ——— 80

장마 너머 ——— 82

앵프라맹스 ——— 84

비대면이라는 말 ——— 86

당근 마켓 ——— 88

철 지난 바닷가 ——— 90

텅 ——— 92

사랑니 ——— 94

호박을 찌다 ——— 96

해몽 ——— 98

힘의 균형 ——— 100

제4부 토마토의 파란 시간

변주 ——— 105

토마토의 파란 시간 ——— 106

껍데기의 값 ——— 108

위로 ——— 110

사각지대 ——— 112

선을 넘다 ——— 114

장마 통 ——— 116

풀밭 달력 ——— 118

열매와 뿌리 ——— 120

헐렁한 하루 ——— 122

핑계의 계보 ——— 124

향초 ——— 126

혼밥 ——— 128

중심 잡기 ——— 130

일기예보 ——— 132

해 설

차성환 소리의 감별사 ——— 133

제1부 수묵화의 본적지

오카리나

새를 닮아 새소리가 난다

새벽 별을 스쳐 온 바람 소리 같은
청보랏빛 도라지꽃의 무구한 슬픔 같은
천상의 모음 위에서
한낱 가사는 거추장스러운 너스레일 뿐

이슬과 별빛으로 빚은 시가 이러할까

오롯이 속을 비워야 나는 맑은 소리
아직도 속을 비우지 못하고 사는 나는
녹슨 탁음만 뱉어 내고 있다

물을 주다

깜빡 잊고 있던
마른 화분에 물을 준다

혓바닥도 없이
목구멍도 없이 물을 들이켜는
화분의 흙들은 다 입이다
그러고 보면
흙은 자신의 곁을 파고드는 모든 것들을
아무런 저항도 없이
순순히 저를 비워 그것들을 들어앉힌다
땅속 벌레들의 보금자리를 품고
나무뿌리도 방해하지 않고
보호 본능을 발휘해 스스로 입이 되어 준다

깜빡 잊었던 것을 보상이라도 하듯
화분이 넘치게 물을 준다
물을 주다 보면,
목마름을 가득 싣고
물이 마른 자신의 그림자를 길게 끌고 가는
낙타들의 행렬이 보인다

콸콸 흙으로 아니, 입 속으로 빨려 들어가는
물줄기가 사막 어디쯤에서 헐떡이고 있을
낙타들의 정오를 부른다

늘어졌던 식물들의 줄기와 이파리들이
빳빳하게 팔을 치켜든다
그러니까, 물은
식물들의 뼈쯤 되기도 하는 것이다

수묵화의 본적지

이제는 나이에 순종한다
한 겹 한 겹 기억은 각질처럼 벗겨지고
희끗희끗 남아 있는 삶의 옹이마저
체념 끝에 놓아 버린다
체념은 비움이라는 유화적 표현의
솔직한 얼굴
수천수만의 붓놀림으로 완성되어 가는
한 폭 내 그림 속에서
더러는 퇴색하고 더러는 풍화되고
앙상한 골격만 제 틀을 들춰내고 있다
사이사이로 바람이 통하고
햇살이 비껴든다
이 그림을 좋아하고 사랑했던가
사랑이라는 건 천천히 스며들어
하나가 되는 것
이제 실핏줄처럼 얽혀 있던
불통과 완고함이
흙담 스러져 내리듯 허물어지고
무표정을 가장한 온화한 눈빛만이
붓끝에 명징하다

바람의 프로필

바람의 시력은
장소에 따라, 계절에 따라 제각각이다
제각각인 만큼 구독률도 취향도 다양하다

북풍이 불어오는 겨울쯤에 구독률이 가장 높다
골목에서 어슬렁거리던 바람은 구겨진 신문지 한 장까지
도 이리저리
옮겨 가며 샅샅이 훑은 다음, 막다른 담벼락 앞에 다다라
서는 어느 집
대문 틈에 슬쩍 끼워 넣고 달아난다

정치면이나 광고 문구들은 그저, 바람의 구독률 앞에서
는 한낱 폐지의
내용일 뿐이다. 그 즈음, 어느 집 담장 너머 목련나무 가
지에선 아직은
조판이 덜 된 활자들을 이리저리 꿰맞추고 있다

봄, 사과꽃이나 벚꽃을 어루만진 바람은 시력이 가장 밝
아 먼 곳의
깨알 같은 글씨까지 식별할 수 있지만, 밝은 만큼 시야를

넓혀 한눈을
　　파는 바람에, 오히려 그때의 구독률은 떨어지기 시작한다
　　활자에는 관심이 없고 오직, 제 몸에 걸친 색깔이나 향기
에 눈길이 쏠려
　　이곳저곳 화려함을 들춰내기에 바쁘다

　　한여름의 바람은 고도 근시가 된다. 겨우 제 발밑의 그림
자만 가려내어
　　분간할 뿐 구독률이 가장 저조하다. 바람도 이때는 더위
를 많이 타서,
　　이리저리 구르다 찢기고 뜯겨 나간 헌 잡지로 얼굴을 가리
고, 어느 그늘에
　　들어 늘어지게 오수를 즐기기도 한다

　　태양이 기울고 고도가 낮아지면 바람의 시력은 차츰 꽃에
서 나무로, 나무에서
　　열매로 옮겨 가 그 빛깔과 단내를 읽기 시작한다. 푸른빛
과 붉은빛을 식별하여
　　페이지를 접어 놓고, 훗날 독서삼매경에 들기도 한다

\>

시력도 각각 구독률도 각각인 바람의 편력을 우리는
바람의 프로필이라 적는다

곳곳의 날씨

환절기가 되면 날씨의 종류들이 늘어난다

늘어난 날씨의 종류만큼 온몸 구석구석 어리둥절한
세포들이 방향을 못 잡고 이리저리 저마다의 계절로 뛰어
다닌다

시절을 망각한 꽃 소식이 전해 오는가 하면
때아닌 비 소식이나 국지성 한랭전선에 갇히기도 한다
이렇게 시시각각 들쭉날쭉한 날씨 탓에 울퉁불퉁 피가 막
히고 뼈들이 삐걱거린다

간혹, 아랑곳없이 태연하게 제자리에 눌러앉은 날씨들은
시치미를 떼고 한껏 여유를 부리기도 한다.

비의 예보가 고여 있는 관절들은 사막을 그리워하지만, 무
릎이나 어깨, 내 몸 안의 기후 인자들은 보이지 않는 데이터
로 슈퍼컴퓨터에도 집계되지 않은 날씨의 적중률을 높인다

늙으면 사람들의 몸은 점점 식물처럼 되어 간다
습기를 알아차리고 계절의 순환을 눈을 감고도 알아차리는

그러니까, 저기 공원 벤치에 앉아 있는 노인들은
개별적 날씨를 몰고 다니는 기상청쯤 된다

느릿하고 무덤덤해 보이지만, 때로는 민감하게 촉수를 뻗어
한 계절에서 다음 계절로 넘어가는 길목에서 우왕좌왕
예측 불허의 기류를 몰고 오는 것이다

포노 사피엔스Phono Sapiens

자판 위에서
빛의 속도로 뛰어다니는 엄지족을 향해
혀를 끌끌 차던 그 사람이 나
그때가 언제였나

눈이 핑핑 돌고 귀가 어지럽도록
풀 가동되는 머릿속 하드웨어
잠시 휴식에 드는 잠 속에서조차
보이지 않는 눈초리에 감시당하는

한 줌 손아귀에 들어가는 작은 세상 속으로
스스로 걸어 들어가

이제는
눈과 귀, 심장에서 말초 혈관까지
오감이 송두리째 포로가 되었다

미래를 당겨 기억을 저장하고
시시각각 센서를 업그레이드시켜
내 정체성을 확인시키느라

하루가 모자라는

혼魂마저 저당 잡힌
고도로 진화되고 있는 미래형 인류에
이미 편승한 지 오래다

돌이 멍들 때

멍이 드는 일은 뒤늦은 반응이다

몸속에 들어온 주먹이나 손바닥이
며칠을 궁리하며 저를 삭히다가
보랏빛으로 내보내는
둥그렇게 뭉그러진 입 다문 메시지다

돌은 오랜 시간을 두고
꽝꽝 정 맞은 곳곳들을
조금씩 조금씩 어루만지며
그 타박을 푼다
오래 간직하고 있던 망치 소리를,
온몸을 흔든 망치의 울림을 제 속으로
끌어들여 천 년이 넘는 동안
달래고 또 달랜 다음에야
멍인 듯 푸릇푸릇한 이끼를
천천히 꺼내 드는 것이다

꼭 타박만이 멍이 되는 것은 아니다
긴 세월 골똘히 망설였던 말이

눅눅하게 검버섯으로 피어날 때도 있다

멍, 푸른 세월의 꽃
천 년 뒤에 필 꽃의 씨앗인 양
꽝꽝 꽃씨를 넣는 석공

돌을 쪼는 일이란
이렇듯 파종의 또 다른 방법인 것이다

봄눈

온몸 불살라
스쳐 지나가는 손님별처럼
봄눈
가로등 밑으로 뛰어들어
순간의 꽃으로 피었다 진다

진혼곡처럼 흘러내린 꽃잎
새들이 꾹꾹 찍어 놓은
꽃잎 닮은 발자국마다
프리지어 향기
흥건히 고인다

토르소는 무죄다

편집되고 삭제된 몸뚱이
표정과 제스처를 따돌린 소재 불명의 몸체가
무한 자유를 품고 있다
어떤 일탈도 허용되는 익명성과
어떤 욕정도 허락하지 않는 무구함이
빚어낸 작은 정물 앞에서
불현듯 의구심이 솟구친다

해탈의 경지란 이런 것인가

사특한 편견으로 몰고 가기에는
너무도 견고하고 정결한
무욕의 성지
따뜻하고 풍만한 감각만이
들숨과 날숨으로 흐르고 있다

목류

나무의 옆구리에 축구공만 한
혹이 불거져 있다
동그랗게 뭉쳐서 산 아래쯤까지
굴러가고 싶은 마음
애써 붙잡아 둔 것 같은

불가능을 꿈꾸는 일을 병이라 부른다면
꾹 참고 있는 것들은 무어라 불러야 하나

목류 같은 혹 하나 달지 않고 태어난
목숨들 있을까
상처라 칭하든 장애라 치부하든
커다란 혹 하나 옆구리에 차고
한때 아팠던 일을 애써 다독이고 있는 나무는
지금도 스멀스멀 벌레 몇 마리 내놓고 있다

채웠다 비우고 여몄다 풀고
수십 번 도려내기를 반복했던 수많은 날
이런 나무들의 상처 아니, 장애는
사람들의 구불구불 휘어진 탄성을 불러온다

그런 나무를 숲이 차별하지 않듯
온갖 굴곡진 삶을 울퉁불퉁 모아 놓고
목류는 그저 묵묵히
제 안을 들여다보기에
여념이 없다

배꼽은 왜 은밀한가

붉은 사과를 만지다가
은밀한 곳에 손끝이 닿았다
떨어진 꽃자리가 수줍게 증언하는
시원의 자리
생명의 이치를 함구하고 있는
비밀스러운 입술은
이곳에서 생애 최초의
이별을 맞이했다

모든 생명체가 그들의 모체와
긴밀하게 연결되었던 성스러운 징표는
지난날의 사랑의 흔적이 부끄러워
안으로 안으로 숨어들었다

완고한 외설로 치부되던 배꼽의 외출은
이젠 당당하게 거리를 활보하는
첨단의 패션이 되었다
배꼽티, 배꼽 피어싱, 배꼽 화장이
반란을 일으켰다
빼꼼히 드러나는 낙과의 화인 같은

생명의 근원
보증된 이별의 징표로서의 배꼽은
이제 은밀함의 대명사가 아닌
드러내 놓고 메이드 인 코스모스를
입증하고 있다

두부

사나흘 온통 비우는 일에 몰두했다
내 의지는 아니었다

그동안 들여다보는 일에만 급급해
주변을 소홀히 했나 보다
들고 남의 균형을 무시하고
받은 만큼의 베풂도 망각하고
양방향의 원활한 소통을
일방통행으로 치부했다

한 모금의 물도 허락하지 않고
오로지 퇴적물을 쏟아 내는 일로
만신창이가 되어
앙다물어도 비어져 나오는
신음을 수도 없이 내뱉은 후에야
육신의 고통보다 한발 앞서
가까스로 일어선 허기증

유일하게 허락된 이 맛도 저 맛도 아닌
밍밍한 두부는

그분이 베푼 한 자락 자비였다
꾸역꾸역 육체의 허기만을 채우기 위해
컴컴한 목구멍으로 밀어 넣는
따뜻하고 부드럽고 말랑한 그것은
단단히 버티고 선 거부 반응을 허물어트리고
거침없이 뭉그러진다

순하디순한 몸으로
지친 나를 일으켜 세우는 두부를 삼키며
뜨겁게, 뜨겁게 뒤늦은 후회도
함께 넘긴다

멀미

지구의 자전과 공전 주기에
중심축을 끼워 넣지 못해
균형을 잃은 귓속의 이명들
방향키를 놓친 내 발자국이
어지럽게 찍힌다

웃음도 켜켜이 쌓이면
통증이 된다는 걸
이유 없이 간지럼증이 돌아 실실 웃다가
어느 날, 폐허처럼
마구 헝클어진 머리카락을 쓸어 넘긴다

가만히 달이 차고 기우는 걸
헤아렸을 뿐인데

바람을 잠재우려
쉴 새 없이 팔랑이는 나뭇잎
기울기를 맞추려고
수도 없이 밀려왔다 쓸려 가는
밀물과 썰물

산다는 건 이처럼
중심을 잡기 위해 흔들리며
비틀비틀 어지럼증을 타는 것

서늘한 재채기 한바탕 토해 내고
올려다본 하늘
뿔뿔이 엉클어진 숱한 날들이
제 방향을 찾느라
깜빡깜빡 별의 궤적을 쫓고 있다

손

우리의 몸 중에서
움켜쥘 수 있는 힘을 가진 곳은
손뿐이다
무언가를 움켜쥐기 위해
손목의 푸른 힘줄은 몇 번이나 불끈대고
손아귀는 또 몇 번이나 조였다 풀었다를 반복했는지
제 스스로 기억이나 할까
손안에 쥘 수 있는 것을 부피로 치면
한 움큼의 작은 덩어리
무게로 치면 한 줌의 질량 정도
그것을 욕심이라고 치부한다면
그것처럼 소박한 욕심이 또 있을까
손은 잉여를 허락하지 않는다
그래서 진솔한 부피를 쥐고 또 흘릴 수 있다

제 안으로 무수히 접혔던 손금은
각자의 굴곡들이지만
어루만질 수 있는 위로를 가진 곳이기도 하다
어쩌다 내친 손길들이 있어
그 마음들이 저 끝으로 싸늘하게 멀어졌다 해도

다시 품 안으로 돌려세우는 힘이
손안에 있다
손은 오로지 홀로 쥐고 펴고 보듬을 뿐이다
그래서 늘 묵묵하면서도 분주하다

인심 쓰듯, 손 크림을 듬뿍 발라
하루치의 주름을 달랜다
이 손이 저 손을
저 손이 이 손을

절취선

가끔 우리의 시력이
시험대에 오를 때가 있다
수평선이나 지평선은 흐릿한 실선이지만
다가갈수록 실상이 없다
보이는 실선과 존재하지 않는 선
그 사이 무한히 경계를 넘나드는
점선, 절취선이 있다

절취선은 잘 끊으라고, 찢으라고
그어 놓은 선이지만
엇나가는 파행이 가끔 발생한다
선을 분명하게 그을 수 있었던 일들이나 관계들 사이엔
허심탄회하게 터놓았던 실선들이 있지만
잠깐의 오해가 그어 놓은
눈앞에서 실체를 감추는 선 아닌 선은
두 줄 비행운처럼
관심과 무관심의 중간쯤 되는 점선이 되었다가
시간이 지나면 그마저도 흩어져 버리고 만다

메모지 한 장을 절취선을 따라 찢는다

상대를, 딱 갈라놓은 선이지만
종종 깜깜하게 막히는 일도 있고
명백한 그 선 위에서 삐딱한 의도가 읽히기도 한다
오해의 끝에 가물가물 보이는
지평선이나 수평선이 있듯
반신반의하며 실상과 허상 사이
점선을 가늠하는 눈길이
속눈썹 사이에서 가느다랗게 흔들린다

제2부 눈밭과 놀았다

담

틀어진 몸과 마음의
밸런스를 맞추려는지
온몸 구석구석이 삐거덕거린다
천천히, 뜨끔거리는 그 삐거덕을 달랜다

이해와 오해 사이
팽팽한 신경전을 곁눈질하다 보면
자칫 말이 꼬이기도 한다
그럴 때 의미의 이탈은 물론
애꿎은 혀가 씹히기도 한다
얼얼한 혀로 빗나간 음절을
다시 꿰맞춰 균형을 이루기까지는
한동안의 시간이 흐른 다음에야
가능해지는 것이다

몸도 마음도, 미세하게 진동하는 음절의 파동도
한순간의 방심을 놓치면
뜨끔, 담이 드는 것이다

눈밭과 놀았다

눈 내린 아침, 수백 개의 발자국이
앞마당에서 놀다 갔다
이쪽 저쪽 발자국들을 마주 섞으며
놀다 간 흔적
여러 종류의 새들이 떨구어 놓고 간
한겨울의 낙화들

하늘에서 피어난 꽃송이들은
뿌리도 줄기도 없이 온통
즐거운 춤사위뿐이다
한번 피어나기 시작하면
무중력 속에서 세포분열을 일으켜
한바탕 꽃으로 즐기다가
꽃으로 진다

내게도 저렇게 놀았던 흔적이 있을 텐데
어느새 다 녹고 말았다

놀다 간 흔적만 봐도 즐거운 아침
왜 갈수록 즐거운 곳들은 점점 좁아지고

오래 서성이는 일만 생기는지
눈밭에 찍힌 즐거움들을
며칠만이라도 그대로 꽁꽁 얼려 두고 싶지만
바닥에 찍힌 꽃송이들은 오래지 않아
그만 시들고 말 것이다

숱한 꽃잎만 떨구어 놓고
어딘가에서 곤히 잠들어 있을
한바탕 마당을 놀다 간 새들의 발바닥엔
한동안 꽃향기가 배어 있을 것이다

사선의 휴일

숫자 빼곡한 태양의 하루, 하루에
가끔 빗줄기 사선을 그어
잠시 비를 피하듯, 비켜서고 싶은 때가 있다
예기치 않게,
빗줄기가 휴일을 묶어 놓고 있다
불현듯 찾아온 사선에
반가움과 당황함이 잠시 혼잡을 이루겠지만
지붕이 없는 일들은 모처럼 휴식을 취하고
마른 일들은 서둘러 덮일 것이다
세상에 젖어도 되는 일이란
주인이 없는 풀밭이거나
건망증의 옷 몇 벌이 걸린
빨랫줄 정도겠지만
비 오는 날에는 모두가 휴일이다
사선을 염두에 두는 어떤 일들과 존재들에겐
빗줄기란 달력 속의 빨간 날짜같이
쉬는 색으로 보일지도 모른다
바쁜 기한에 매달린 것들은 속이 타들어 가고
평소에 게으른 족속들은
바쁜 척 분주함을 철벅거리고 돌아다닐 것이다

그러고 보니, 오늘같이 사선이 그어지는 날엔
모처럼 일에서 해방된 짐승들은
눅눅하게 젖어 든 예기치 않은 행운을
양손에 꼭 움켜쥐고서
어딘가에 숨어들어 달콤한 낮잠을 즐기거나
무료한 시간을 종일 누리고 있을지도 모른다
그러거나 말거나 오늘 하루쯤은
잘 굳지 않는 두부처럼
딱딱해야 될 일들도 말랑말랑해지면 좋겠다

그 방에 켜진 환한 불

거실을 사이에 두고
그 방과 이 방으로 나뉜 지 십수 년
서로 다르게 순환되는
시간을 조율하고
서로의 공간을 배려하는 마음 씀이었다
그 방이 깜깜한 잠 속으로 안식할 때
이 방은 아직 환한 불
적막 속에 증폭되는 소리를 낮게 가라앉히며
하루의 갈피 속에
늦은 일과를 끼워 넣는다
이 방에 불이 꺼지고 혼곤함에 들었을 때
환하게 켜지는 그 방
가만히 현관문이 열리고
가물가물 조심스럽게 신문 들이는 소리
새벽을 흔드는 종잇장 넘기는 소리
이 방과 그 방
엇박자로 잠들고 깨어나지만
그 방과 이 방이 있으므로 빈방이 없고
빈방이 없으므로 든든하다
시간차로 깜박이는 신호등처럼

오늘도 깊은 안식 속에
환한 불 교대로 점멸한다
그 방에 켜진 환한 불빛을 타고
들려오는 기적에
새벽녘 나의 꿈결이 나른하다

슬리퍼를 찾다가

눈만 뜨면 꿰어 신던 슬리퍼 한 짝이
감쪽같이 사라졌다
한쪽만으로는
제 구실을 하지 못하는 다른 쪽을 위해
열심히 그 행방을 쫓았다
아니, 이미 그것에 길들여진
허전한 내 발을 위해
눈길 닿는 곳곳을 훑다가
가닿은 곳
어둑하고 깊숙한 침대 밑에
또 다른 세상이 있다는 걸 알았다
찾다가 포기해 버린 귀고리 한 짝
제자리를 이탈한 퍼즐 몇 조각
억울하게 화풀이의 대상이 된
찢어진 과속 범칙금 고지서까지
관심에서 밀려난 사연들이
저들의 언어로 웅성거리고 있다
따지고 보면
햇빛 안 드는 세상이 어디 그곳뿐이랴

>
나는 그곳에서
급하게 서두르다가
얼결에 빗나간 발길질 한번 한 것뿐인
슬리퍼 한 짝을 찾아내어
먼지를 털고 제 짝을 맞춰 주었다

다시 편해진 건
내 발이다

상처

나도 모르게
손가락에 베인 상처가 났다
상처는 열 손가락 어디쯤에 숨어 있다가
쓰린 통증으로 발견되지만
그보다 더 큰 명분을 틈틈이 살피다가
이젠 어느 정도 아물어 자국만 남았다
모르고 지낸 상처와 나는
한참이나 먼 관계였을 것이다
무딘 외면을 사이에 둔
뒷전이었을 것이다

눈에 띈 상처는
원인을 따져 봐야 할 이유를 내세운다
이제껏 모르고 지냈던 것이
눈에 보이는 순간부터 욱신욱신 아파 오기 시작한다
온 신경이 그곳으로 쏠린다
상처 난 손가락을 싸매고
한바탕 끙끙 앓고 싶어진다

손끝이 아프면

가리키는 곳곳과 손꼽는 우선순위들도
덩달아 끙끙 앓아 눕는다
집안일도, 읽던 책도 밀어 놓고
오로지 어느 끝에만 몰두할 것이다

끝은, 내보내기도
들어오라 손짓하기도 좋은 곳이니까

양은그릇

오래 쓴 양은그릇은
저 멀리 있는 달을 닮았다
우둘투둘 얽은 자국은 무수한 분화구
그 무수한 분화구를 빽빽이 품고도
제 모습을 지웠다가 드러내며
이탈하지 않는 달처럼
움푹한 곳을 곳곳에 들여놓고도
어느 곳 하나 새는 곳이 없다
그렇다고 부드러워서
한번 우그러진 곳이 펴지거나
일그러진 꽃송이들처럼 지는 일도 없다
어떠냐고 물어보면,
움푹할수록 들어차는 것들이 많다고
부딪힌 일들에 대한 회상을 줄줄이
풀어놓는다
깨어져도 수십 번은 더 깨어졌을
요란한 소리만 죄다 꺼내 보이는
찌그러진 양은은
늙은 노인의 얼굴같이 상흔이 많다
다만, 먼 한쪽을 지그시 응시하며

표정으로 견디는 중이다
시절은 납득으로 설명이 안 되는 부분도 있어
그 쭈글쭈글한 기억이 소환되기도 한다
양은이라야 제맛을 낼 수 있다는
추억의 메뉴가 아마 저쪽 어디쯤에서
성행하고 있다는 소문이 자자하게
바람을 타고 날아든다

오수午睡에 빠지다

여름 한낮
층층이 떼로 몰려드는 열기에
입맛 잃은 초로
어김없이 내려앉는 천 근의 무게에
저항할 의지마저 상실한 채
투항, 백기를 든다
자갈밭도 저벅저벅 넘나들던
그날들은 어디 가고
설핏한 오수의 늪에 빠져
하롱이는 넋두리

두어라
한소끔 혼절한 듯 부려 놓은 속잠 뒤에
아브라카다브라 주문을 걸고
까치 소리에 부스스 깨어나는 눈꺼풀
막바지 오후를 견딜 근력이
가뭄의 강줄기처럼 근근이 고여 든다

탄성彈性

비가 오시려나
하늘이 잔뜩 찌푸려 있다
왼쪽 갈비뼈 밑에 숨어 있던 통증이
민감하게 반응을 한다

원심력과 구심력 사이
꿋꿋이 중립을 지키려는 탄성彈性
힘차게 궤도 이탈을 해 보고 싶은 욕망을
눌러 앉힌다
튕겨 나가려는 힘과
제자리로 끌어당기는 힘의 균형이
아슬아슬한 오늘

어느 쪽으로 기울지
귀추가 주목된다

제자리를 지키는 비용

제자리를 지키는 일은 쉽지 않다
태연하게 어지럼증을 견디고
디딘 발에 힘을 주어 중심을 잡기란
쉽지만은 않은 것이다

빙빙 돌고 있는 전기계량기는
몇 개의 숫자로 집의 비용을 산출해 낸다
작은방 두 개와 큰방 하나가
저녁을 밝힌 비용을 도출하고
영상과 영하의 온도를 합산해 평균치를 내고
봄 여름 가을 겨울 쉴 새 없이 부딪히는
불협화음을 조율하는 데 드는 비용까지
제자리를 지키는 비용은 곧
안간힘으로 버티고 있는 집 한 채의
수고스러운 비용인 셈이다

구석진 자리에서 드러나지 않게
무한궤도를 돌듯
계량기는 끊임없이 돌고 또 돈다

>

지구가 쉼 없이 돌고 돌아 고요함을 유지하듯
삼백육십오 일 끊임없이 돌아가는
집 한 채의 비용으로 우리는
흔들리지 않는 제자리를 유지하는 것이다

말, 이라는

말은 꼭 입에서만 태어나는 것이 아니어서
곳에 따라, 때에 따라
수많은 껍질들이 생겨난다
그 껍질들을 벗겨 내면
푸른 하늘을 잠자리처럼 나는 말이 있고
퇴적층처럼 연대를 품고 있는 말이 있다
꿈속을 나른하게 전전하거나
돌탑처럼 아슬아슬하게 쌓아 올려지고 있는 말들도
가끔은 볼 수 있다

찔레 덤불을 헤집고 나온 말은
사월의 눈부심 속에서도 가시가 돋고
매미의 허물처럼 텅 빈 팔월의 말은
그늘 속에서도 더위를 탄다

사실은 그냥 사실일 뿐이지만
때로는 사실도 무너져 내린다는 것을,
무너진 사실들이 툭툭 오해를 털고 일어설 때
꽃 핀 사월의 눈부심이나 팔월의 무더위는 더 이상
뾰족한 가시와 매미의 허물을 기억하지 않는다

>
말의 껍질을 열고 들어가
처음으로 피는 꽃이 되려는 말들은

어느 때 어느 곳에서 꽃을 피울지
껍질 안과 껍질 밖의 온도 차이를 어떻게 조율할지
하얀 침묵 속에서
보이지 않는 틈새를 내다보며
기회를 가늠하고 있다

선문답

하지로 가는 길목에서
나날이 태양의 기운이 치밀해졌다
녹음이 깊어지는 만큼
촘촘해지는 그늘
늘 적막강산이던 내 집에도
탱탱히 양기가 올랐다

비실비실 천기를 목말라하던
꽃줄기에서
앞다투어 벙긋벙긋 향기를 토해 내고
기껏해야 손가락 한두 마디쯤 되는
한 뼘 어항 속 물고기들도
점점이 깨알 같은 식솔들을
순풍 순풍 늘리고 있다

수도암, 스님에게 물었다

나는 그냥 가만히 있을 뿐인데,
왜 이렇게 좋은 기운이 서릴까요?

>
'시선이 순해서 그럴 겁니다'

어쩌나,
오늘부터 꼼짝없이 그 말에
옭매이게 생겼다

얼음 호수에 서다

꽁꽁 얼어붙은 호수에
발을 내딛는다
한쪽 발을 얼음 위에 올려놓고
천천히 무게중심을 옮겨
얼음의 강도를 가늠한다
미끌, 저항도 순응도 아닌
발바닥을 가까스로 다스린 후
조심스럽게 다른 쪽 발을 옮긴다
두 다리에 뻣뻣하게 힘이 들어간다
이럴 땐 얼음이 나보다 더 긴장을 하는 것 같다
어쩌면 기우뚱거리는 일을
이 얼음판 위에서 배웠는지도 모른다
물결이 얼음 위에 고스란히 얼어붙기까지
물은 제 추위를 수도 없이 뒤척였을 것이다
그러므로 어느 한 무게를 받아들이는
두께의 자세란 이렇듯 조심스럽게
가늠해야 할 그 무엇들이 있는 것이다
한 번의 호기심으로 들여다보기에는
수없이 저항하며 두께 위에 두께를 더한
호수의 표정이 더없이 웅숭깊다

양팔을 저울 삼아 간신히 되돌아 나오는 시간이
결빙의 시간만큼 길게 느껴졌지만
내가 딛고 있는 내 무게란 가끔
언제 어느 쪽으로 넘어질지 모르는
불안한 중심이었다는 것을
비로소 얼음 위에서 알게 되었다

문門의 유래

허공에 구멍을 내면
안쪽이 흘러나와 밖이 되고
밖이 흘러들어 안이 되기도 한다
허공을 열고 자꾸
밖을 살펴보고 싶은 충동이 인다
아니, 안을 들여다보고 싶은 것일 수도

문은 언제부터 열고 닫는 구실로 정의되었을까
오직 잠과 꿈의 작은 틈새를 문이라 여겼을
태초에는 숨길 것도, 궁금한 것도 없어서
무언가를 숨길 안쪽도
무언가를 찾으러 나서는 바깥쪽도 없었다
안과 밖의 구분이 없으니
문을 열고 닫는 사람도 없었을 테고
한 번도 문을 만져 보지 못한 사람은
문을 여는 방법도, 닫는 방법도 배우지 않았으므로
잊는 법도 몰랐을 것이다

문이 생긴 후로
관음증이 도져 안은 더욱 구석을 사리고

호기심의 유혹에 밖은 더욱 멀어졌다

결국, 오랜 진화를 쫓아온 문은
더위와 추위의 양극을 가르고
표리부동의 술책을 가르쳐 주었다

곰팡이의 영토

벽과 바닥과 천장에는
눅눅하게 번지는
또 다른 세계가 있다

번지는 힘은 중력의 소속이 아니므로
그 습기에 가득 찬 공간은 위와 아래를
막론하고 빛의 속도로 퍼져 나간다
그 옛날 연기로 그려 가던
논둑의 검은 지도처럼
습기를 일으켜 확장해 나가는 잉여의 공간
구름이 모이는 기척만 보여도
그 구름이 무너져 흘러내리는
빗소리만 들어도 웅성거리는

누구나, 지나쳐 버린
질척하게 맴돌던 시절이 있었고
그 시절이 남겨 놓은
얼룩진 벽에 새 벽지를 바르고
깨끗해진 벽에 또 하루하루의 쿰쿰한 냄새를 묻히며
나는 이만큼 와 있다

\>

곰팡이가 넓혀 나가는 어둑한 영토는
이제 어느 방향으로 세력을 확장해 나갈까
또 어떤 종류의 축축한 공간들이
빈 곳을 힐끔이며
기회를 엿보고 있을까

제3부 나무들은 떤다

그날이

공원의 그늘이 깊어졌다고
새소리도 윤기가 올라
푸르게 날아오르고
잘게 부서지는 햇살이
여울물 소리를 낸다고

언젠가는
꼭 함께 이곳에 오자고 말하려다가
나는 그만 하늘만 바라보았다

시간을 가늠할 수 없는
거리를 가늠할 수 없는
그날이
손에 잡힐 듯 잡히지 않는
하얀 낮달로 떠 있다

관계를 벗고 관계를 껴입다

씨앗 한 알이 흙냄새를 알고 나서는
컴컴한 세계의 깊이와
그곳에서 솟구치는 힘을 믿게 된다
줄기가 자라 뿌리의 깊이를
넘어서면서부터는 양쪽을 가늠해
밤과 낮을 조율한다

바람이 일어 중심이 흔들릴 때도 있지만
그런 바람의 슬하를 벗어난 뒤엔
다른 세상을 엿본다
하늘을 나는 새를 동경해 키를 쭉 늘리기도 하고
다른 족속들의 엽록소가 궁금해
경계를 넘보기도 한다

하지만, 이런저런 관계들이 없다면
인연이라는 말, 피붙이라는 말,
만나고 돌아서고
울고 웃는 일이 일어날 수 있을까
내가 비집고 들어섰던 관계
내가 빠져나온 관계

그 틈으로 누군가 새로운 얼굴을 디밀었다가
슬그머니 또 자리를 내어 주기도 하는

자못, 이러한 변신들은
뿌리 뽑힌 줄기를 땅에 꽂아 주면
파릇한 기미가 다시 돋아나듯이

잠시 멀어졌거나 고개를 돌렸거나
온기가 식었거나 뒤틀렸던 관계들도
감추었던 숨구멍을 열고
다시, 새로운 얼개를 엮어 가는 것이다

나무들은 떤다

나무들이 얼마나 섬세한지
물가에 서 있는 나무들을 보면 안다

이리저리 흩날리는 일 따위엔 초연한 듯
땅속 깊이 흔들리지 않는 뿌리를
내리고 서 있지만
사실은 물 밖 자잘한 그 떨림을
물속으로 옮겨 넣고 있다는 것을

언뜻 보면 물속의 그 떨림은
물고기들의 지느러미가 흔들어 놓은
물살 같기도 하지만
흐르는 물에 자신의 그림자를 밀어 넣은 나무들이
일렁이는 제 자리를 돌보는 중인지도 모른다

무성한 잎들로 붐비던 시절엔 보이지 않던,
물속으로 자맥질하는 나무들의 떨림이
다시 수면으로 올라와
제 모습이 된다는 것을 알게 된 후에야
물 밖의 꾹 참고 있던 나무들은

가까스로 물 위 파문을 닮은 나이테를
하나 더 새겨 넣는 것이다

조새*

새를 움켜쥐고 산 손이
자주 아프다고 했다

어쩔 땐, 손가락들이
손을 떠나 날아가려고 퍼덕거린다고도 했다
그럴 때마다 나는 낡은 손을
오래 주물러 주곤 했다

조새, 끝이 새의 부리처럼 날카로운
학명에는 오르지 못한 천덕꾸러기 새가
평생 딱딱한 돌을 열고
새처럼, 주렁주렁 매달린 입들을 먹여 살렸다
물때를 뒤져
바닷바람에 절은 손으로
몇만 평 굴밭을 캐고 또 캤다
까마득히 썰물에 쓸려 눈길은 더 멀어졌다
가쁜 숨 몰아쉬며 밀물에 쫓기던
조새의 끝은 갈수록 무뎌졌다

여전히 넓은 갯벌을 선회하듯 누비고 싶은

두 손엔 아직도 부리가 성한 새가 들려 있지만
무수한 썰물과 밀물을 만져 온 두 손은
석화처럼 굳어 갔다
굽은 손가락 마디마디가
이제는 조금씩 무뎌진 새의 부리를 닮았다

어쩌면 소금꽃 핀
갯바위 사이사이를 철썩이는
파도를 뒤지고 또 열어서 아직도
짭짤한 돌의 속살을 꺼내고 싶은지도 모른다

* 조새: 굴 까는 도구.

복화술

우린 겉만 보고 웃지
아니, 웃어 주지

화장이 진한 말과
맨얼굴의 말도 사실은
같은 입에서 나온 것
결국은 같은 주소를 쓰는 말들이지
뜨거운 심장의 피가 손끝까지 흘러
마음이 전해진다고 믿지만
돌아서면 얼음 심장이 되기도 하지

표정 뒤에 감추어진 웃음을 읽고
웃음 뒤에 가려진 표정을 훔치다 보면

동공의 진동만으로 팔다리를 흔들고
고개를 젖혀 파안대소를 하던
위장술의 억압에서
다소 자유로워질 수 있지
다른 쪽으로 시선을 끌어
입술 뒤에 숨겼던 제 목소리가 들통나지 않도록

조마조마, 거짓 아닌 거짓으로
가슴이 쿵쿵 내려앉는
진실들의 저린 제 발을
조금은 내려놓을 수 있지

장마 너머

구름이 탈피를 하겠다
눅눅했던 기억을
빨랫줄에 팽팽하게 널어놓고
짐짓 딴청을 피울지도
운이 좋으면 빠꼼히 드러난 하늘에서
낮달을 볼 수도 있겠지
태양의 꽁무니로 이어진 줄에서는
뒤섞인 가족들의 옷자락이 펄럭이고
짝짝이 양말들도 반쯤 접혀 마르고 있겠다
그동안 휴업 상태에 있던 그늘의 일과가
한층 분주해지겠지
자꾸만 제 고랑을 벗어나려는
고구마 줄기들의 일탈도 있을 테고
울상으로 불어 터진 고추들은
제 꼭지를 닦달하겠지
어디선가는 넝쿨들의 식욕이 한층 왕성해지고
붉고 푸른 색깔들은
한껏 몸집을 부풀리겠다

어깨며 허벅지가 비쩍 마른 촌부가

삐걱거리는 걸음걸이로
깊이 눌러쓴 밀짚모자 아래로 떨어지는
굵은 땀방울도 아랑곳없이
후텁지근한 날씨를 헤치고 나와
잠시, 잠의 그늘에 들어
잠깐의 휴식을 부려 놓겠다

앵프라맹스*

불면이 고요를 부순다

칠흑 같은 고요가 흩어지며
되살아나는 소리

내리는 눈이 허공을 디디는 소리
둥지 속 새들이 체온을 나누는 소리
공원에 쌓인 낙엽들이 뒤척이는 소리
먼 항구의 불빛이 하품을 하는 소리
동녘 하늘 밑, 붉은 하루가 기지개를 켜는 소리
어둠이 조금씩 비켜서는 소리

두툼한 안경 너머 활자들이
이리저리 몰려다니며
키득댄다

어둠의 균열이
눈부신 빛이 되듯

비로소,

고요가 부서져

소리가 태어난다

비대면이라는 말

어쩌면 혁명 같은 것이에요
피부색도, 멀고 가까운 거리도 상관없어요
전염이라는 말은 곧 평등이라는 말도 되는가 봐요
얼굴의 반만 사용하는 표정법
이대로 계속 간다면
꽤 여러 종류의 표정들이 곧
멸종 위기의 종으로 분류가 될지도 모르겠군요
그 대신 아무도 관심을 갖지 않는
혼자만의 표정 몇 종은
새로운 감성에 그 목록을 올릴 것이고요
목소리들과 눈빛은 표정을 대신하느라
조금 더 회화적으로 바뀔지도 모릅니다

이제 얼굴은 가장 보편적인
"얼굴 한번 보자"와 같은 인사말에서
홀가분해질 것입니다
다만 어색하게 혼자 짓는 표정을
사뭇, 힐끔거릴 것 같긴 합니다

앞이라는 단어들은

현저하게 줄어들 것이고요
대신 뒤쪽이나 뒷일 같은 말과 연관된
그런 단어들은 늘어날 것입니다
걱정인 것은, 이대로 계속 간다면
표정의 퇴화와 더불어
감정은 더 이상 얼굴의 소속이 아니라는
학계의 판단이 내려질까 두렵습니다

이제 마주보기의 정서는
구태의연의 유물로 전락되는 시기를 겪지 않을까요
어리둥절할 틈도 없이
아무렇지도 않게 말이죠

당근 마켓

한 줌 물만으로도
꿀꺽꿀꺽 무던히 잘 자라던
잎이 뾰족하다는 이유로
태생적으로 가시가 돋았다는 이유로
내 사랑하는 손주들에게
무기가 되는 것들
나눔 장터에 내놓았다

사정도 모르고
불평 한마디 없이
낯선 집으로 옮겨진 것들
휑하니 넓어진 자리에
자꾸 눈길이 간다

-후기-
자식 떠나보내듯
애틋한 손길 눈에 밟힙니다
대신 제가 잘 키우겠습니다
꽃이 피면 사진 찍어 공유할게요

\>
울컥, 고마움인지 아쉬움인지 모를
뜨거운 것이 소용돌이친다
한 번 더 쓰다듬어 줄걸
안녕, 이라고 마지막 인사라도 해줄걸

철 지난 바닷가

철 지나지 않은 기억이 있을까
가을은 여름의 기억을 더듬고
여름은 또 꽃 피는 봄의 기억을 품고 있다

행락의 흔적이 얼룩으로 남은
백사장엔 여름의 쇠락이 쌀쌀하게 덮인다
북적거리던 뜨거움이
즐비하던 파라솔과 함께 접히면
인적 끊긴 바다엔 얇은
적막이 깔린다

한철 분주했던 소리들은 사라져 갔다
다만, 몇몇 사람들의 냄새만을
극진하게 움켜쥐고 있는 모래밭에
파도 소리는 한층 가까워지고
아직 끝나지 않은 여름의 뒷자락이
다소 엉성하게 펄럭인다
어쩌다, 시끌벅적한 한철에 끼지 못하고
철 지나 드문드문 드는 손님은
어떤 일을 새롭게 도모하거나

끈질기게 풀리지 않는 일에 골몰하거나
난수표처럼 모호한 표정을 하고
들고 온 가방보다 더 움츠러들어 있다

어지럽게 흩어진 발자국들 파도에 쓸리고
방풍림 소나무 숲엔
바람의 멱살잡이가 소란스럽다

텅

상강 즈음,
들판이 비었다
빈 만큼 하늘이 넓어졌다
있다가 없는 것
그 속에 가득 들어앉은 고요
텅,
내 마음 한켠에도 구멍이 생겼다

가을걷이 끝난 옥수수밭
무지렁이로 삭아
제 몸의 살과 뼈
왔던 곳으로 돌려주려는
거룩한 주검 곁을
어린 분신들이 옹기종기 둘러
지키고 있다
된서리 내리는 즈음에 나와
어쩌자는 건지
어미인지 모를 그 쭉정이를
온몸으로 감싸
체온을 나눈다

\>
텅, 빈 가슴 한 켠으로
저 어린 싹들이 들어와
서늘한 온기를 지핀다

사랑니

씀먹 씀먹
뭔가 뿔이 났다는 신호다

있어도 그만 없어도 그만인 자리에
진화도 퇴화도 하지 못한 채
존재감 없이 빌붙어 온 그것에
어찌 사랑, 이라는
최고의 가치를 부여했는지
통증이 자랄수록
궁금증도 부풀어 올랐다

굳이 이름의 역사를 따져 묻자면
청춘남녀의 사랑만큼이나 아프다 하여
붙여졌다는

청춘은 가고, 두 번 가고, 또 가고
손등의 푸른 정맥 힘에 부쳐
툭, 불거진 즈음
몸속 깊은 곳에서 은둔하고 있던 그것
이제야 불끈불끈

청춘을 불사르려나 보다

보조를 못 맞추는
내 통증만이 어리둥절할 뿐

호박을 찌다

보름 녘 둥근 달덩이만큼이나
탐스럽게 잘 늙은 호박
오늘 아침, 일용할 양식으로
찜솥에 앉혔다

얼마 전, 화마火魔가 씌어
멀쩡한 솥을 숯덩이로 만든 적이 있다

울 수도 웃을 수도 없었던
그날을 떠올리며
수시로 뚜껑을 연다
호박이 제대로 잘 익었는지
젓가락으로 찔러 본다
여기저기 구멍이 숭숭 뚫린다
잘 익는다는 것
그것을 가늠하기 위해서는
온몸 이곳저곳에 구멍이 뚫리는 일
수도 없이 크고 작은 상처로 뒤덮이는 일

지난 날, 어떤 뾰족한 것들이 나를 찔러

잘 익도록 잘 늙어 가도록
내 몸에 숭숭 구멍을 냈을까

잘 익은 호박에서 달큰한 향기가 난다
온몸에 드러난 상처는 아랑곳없이
파근파근하게 잘도 익은 것이다

해몽

모르페우스*의 품속에서
나비처럼 날아다녔네
가는 곳마다
가시 없는 장미가 만발하고
숲속에서 노래하는 새들은
목울대가 없네
이건 꿈이야, 꿈일 뿐이야
꿈속에서 꿈을 되뇌다
빛의 틈새를 빠져나오니
아침

나는, 장미의 가시가 되어
비로소 향을 품네
새들의 목울대가 되어
노래를 부르네

모르페우스는
신의 속임수일 뿐이야

아무렇지도 않은 아침을

오늘, 나는
아무러하게 열려 하네

* 모르페우스: 꿈의 신.

힘의 균형

이 상황이 의문스럽다
핸드크림 튜브를 쭉 짜 올리는데
입구가 아닌 옆구리가 툭, 불거진다
제 길을 거부하고
굳이 제 길 아닌 길을
고집하는 이유가 뭘까
입구가 막히니
필요한 양을 가늠하는 일도
이 양을 얻기 위한 힘의 조절도
혼란스러워진다
생각해 보니
밀어내는 힘과 밀려나는 힘의
균형이 깨진 것 같다
내 힘만으로 조절이 안 된다는 것
힘을 받아들이는 데도 준비가 필요하다는 것
주는 마음과 받는 마음에도
타협이 이루어져야 한다는 것을
옆구리가 툭, 터진 핸드크림을 보며
깨닫는다
뭔가 석연치 않음은 타협이라는

과정을 배제하고
목적만을 기대했던 것
튜브의 터진 부분에 테이프를 붙이고
천천히 손가락에 힘을 모아
튜브를 누른다
울퉁불퉁 안에서 힘을 안배하는 몸트림이
손끝으로 전해진다
힘이 제 길을 찾기까지
적지 않은 시간이 소요되었다

제4부 토마토의 파란 시간

변주

풀숲
풀벌레의 날개에서 태어난
소리의 입자들이
세포분열을 시작했다
잘게 부서져
어둠으로 모였다가
별빛으로 흩어진다

소리를 잊은 채 잠들고
잠에서 깨어나는
나를 지그시 엎었다
밤새 부비부비
풀벌레의 날개가 되었다
수천, 수만 번 날개를 파닥여
세이렌의 노래를 불렀다

몽유로 도진
처서 즈음에

토마토의 파란 시간

토마토의 시간은
칸칸이 색으로 자란다

아직 파란 토마토를 귀에 대면
째깍째깍, 빨간 꼭지를 향해 달려가는
초침 소리가 들린다

파란 초침을 밀고 빨간 정각에 이르기까지 그 시간과 공
간을 채우는 색, 파랑에서 빨강까지의 거리와 밀도를 거슬러
오르기까지 비와 바람과 햇볕의 농도는 작은 솜털 하나도 놓
치지 않는다

열매들의 정각은 대부분 빨간색이다

정각에 닿은 빨간 시간들의 꼭지는 꽃의 모양이거나 별의
모양이다. 토마토의 둥근 아랫배를 쓰다듬으면 그곳에 별 모
양의 꼭지가 만져진다는 것, 그래서 빨간색 토마토는 이미 정
각에 도달한 시간들이라는 것

정각에 도달한 매끄러운 맛이 궁금하다면 빨간 토마토를

먹어 보면 된다. 이쪽으로 혹은 저쪽으로 갸웃거려도 토마토
는, 어느 쪽에서나 같은 맛이 난다

　　태어나서 지금까지 잠시도 쉬지 않는 빨간 토마토는
　　정각을 지나 다시 파란 시간 속으로
　　째깍째깍, 걸어 들어간다

껍데기의 값

껍데기를 하찮은 것이라고 여긴다면
알맹이를 부정하는 셈이다
안과 바깥의 사정을 속속들이 알고 있는
껍데기는 겉과 알맹이로
구분된 후로는 그 값이 사라졌다
몇 킬로그램에 단위 값이 매겨질 때
껍데기는 제외라는 문구는 보지 못했다
오히려 무게를 늘리기 위해 하나의 껍질이라도
더 얹으려는 노력이 두드러졌을 뿐
그럴 때야말로 껍데기의 가치는
안과 밖 양쪽으로부터 존중받는 것이다
햇빛도 바람도 비도 껍데기를 외면하지 않는다
아무리 막강한 위력을 발휘하는 것이라 해도
껍데기를 거치지 않고
알맹이에 이르지는 못한다
햇살을 거르고 바람과 빗물을 걸러
다시 과즙으로 들여보내는 껍데기의 힘이지만
알맹이로 고스란히 드러났을 때에는
껍데기의 정당한 역할이 실종되고 만다
그럼에도 불구하고 껍데기의 값을 제대로

톡톡히 인정할 때가 있다
'잔액이 부족합니다'라는
멘트가 흘러나올 때 그 가치가
명징하게 확인되는 것이다

위로

수명이 다한 화초 뿌리와
실랑이를 벌였다
잔뿌리 사이사이에 꼭 움켜진 흙
대대손손 생명과 꿈의 원천이었던
그 흙을
털어 내려는 나와
끝까지 빼앗기지 않으려는 힘겨루기가
팽팽하게 대립한다

손아귀의 힘을 풀고
흙냄새를 끌어올려
푸른 잎을 틔우고 붉은 꽃으로 피어나
벌 나비를 부르던 시절을 떠올렸다
함부로 지워서는 안 될
소중한 기억 속에
향기에 취해 꽃잎처럼 흩날렸던
웃음도 오버랩된다

흙 한 줌을 쥐어 허공에 뿌렸다
제 역할을 마치고 시원으로 돌아간

화초를 위해
한 번도 해 본 적 없는
나만의 거룩한 의식이었다

사각지대

멀뚱히 뜬 눈을 피해
비껴 앉는 자리가 있다
거리의 멀고 가까움을 떠나
깊고 얕음을 떠나
앞을 막고 뒤를 터놓는 곳
제 그림자 하나도 걸치지 못한
그런 응달진 곳
한 줌의 빛이라도 잡아 보려고
예리한 각도를 짊어지고 있거나
두 발과 팔로 버티고 있는 그곳은
사실, 시시각각
제자리를 맴도는 곳이다

그림자 사이사이를 비집고
가끔은 제 몸을 이리저리 뒤트는
기형의 구석들엔 실체가 없는
검은 그림자들이 엉키고
누군가 버려지고 또 누군가는
자신을 몰래 버리기도 한다
정밀 수사를 하듯

모퉁이까지 목을 길게 꺾어
훑고 또 훑는 햇살
얼핏 드러나는 어떤 피사체를
본 것 같은,
그런 날이 점점 더 늘어나고 있다

선을 넘다

하루에도 수십 번
선을 넘나든다
선의 속성은
그어져야 한다는 것
날카로워야 한다는 것
보이지 않게 영역을 확보하고
이쪽과 저쪽을 나누고
편 가르기를 하고 노선을 정하고
갈팡질팡 보이지 않게
무수한 흔적으로
숨겨야 한다는 것

자오선을 넘어 모래 능선을 넘어 뫼비우스의 띠를 넘듯,
간간이 그 선에 발이 걸리면서도, 우리는 늘 또 그 선을 넘
고 있다

숨 가쁘게 달려온 전력 질주가
순간에 평가절하되거나 평가절상되거나
제각각 방향과 지시가 어긋나
선을 그었다가 지웠다가

밟았다가 넘었다가 소리 없는 곡예를 펼칠 때
호흡을 길게 이으면서 줄넘기를 하듯
포용인지 금기인지 모를 선을
오늘도 그예 넘고 말았다

장마 통

통, 지나간다는 뜻이다

북적거리는 물방울의 구간을
무성한 빗줄기의 소란을 지나
한가한 처마 밑의 시간을

대부분의 존재들은
정해진 키가 없다

장마 통에는
물들의 키가 쑥쑥 자라
저수지와 웅덩이와 강줄기들이
제 키들을 훌쩍 넘어선다

눅눅함도 익숙해지면 체온의 일부가 되듯
지금은 요란한 빗방울들이
낮은 곳으로 향하는 시간
강을 가르고 댐을 넘는 굉음이
연일 전파를 타도
처마 밑은 무덤덤하다

＞
무심히 시장통을 지나가듯
축축한 공기를 헤집고
온 집안이 장마 통을 견딘다
잠시 소강상태에 들었던
오늘의 비 예보는
어깨쯤에서 다시 폭우로
변한다는 소식이다

풀밭 달력

봄에서 겨울까지
매일매일이 그려진 풀밭 달력을 받았다

입춘을 갓 지난 이른 봄, 쑥빛 그 언저리쯤 되는 빛깔들이
양지쪽에 나붓하게 모습을 드러냈다. 햇살이 조금 더 밝아져
쑥빛의 뒤가 시들해질 즈음, 민들레가 노란색 날짜를 켜 들
고 들뜨는 하루하루를 다독였다

가끔 배추흰나비가 경첩이 달린
절기들을 열었다 닫았다 하며 날아다녔다

풀밭 달력엔 갈수록 꽃의 화보들이 늘고, 온몸으로 햇살을
삼키며 빠르게 지나갔다. 덩달아 성급한 풀들이 쑥쑥 키 재
기를 하며 낌새도 보이지 않는 빗방울을 기다리고 있다. 그사
이 풀벌레들은 깜빡 놓친 날짜들을 찾아다니며 갉아 먹는다

그늘이 한층 깊어진 풀밭엔 엽록색 별이 총총히 떴다가 서
서히 잦아들고, 날짜들은 조금씩 제빛을 누그러뜨리며 다른
빛깔들을 곁눈질한다

>

노랗게 붉게 풀밭으로 불려 온 이방색들은 한 계절 톡톡히 주인 행세를 하며, 환호하는 뭇 시선들을 은근히 누리다가 서서히 제빛을 버린다

우듬지 끝을 맴도는 바람이 한층 예리해진 필체로 한 해의 기록을 잿빛 하늘에 옮겨 놓을 때쯤,

누구든 한 발 한 발 날짜들을 꾹꾹 밟으며
풀밭을 건너온 발목을 쉬이고 싶다면
행여, 삐끗 잘못 디딘 날짜를 감추고 싶다면
마지막 달력 한 장을 주욱,
찢으면 될 일이다
찢긴 달력의 뒷장은 눈처럼 하얗다

열매와 뿌리

가을 햇살에
과실들 알알이 여물어 간다
체관을 타고 이 달큰한 소식이 전해지면
뿌리는 기꺼움의 눈물을 흘릴 것이다

평생 햇살 한 줌 받지 못하는 뿌리는
어쩌면 우리의 아버지나 어머니
꿈의 지향점이 다르고
삶의 반경이 다른 꽃이나 열매는
뿌리를 기억하지 않는다
뿌리는 꽃을, 열매를 알아보아도
제각각 오만한 낯빛으로
비상을 꿈꾸는 꽃과 열매는
갈라 터지고 피멍 든 뿌리의 발등과 손등을
보지 못한다
다만, 봄날의 솟구치는 들썩임만은
같은 맥놀이로 부풀어 오를 것이다

척박한 어둠 속에서 즙을 짜듯
한 방울 한 방울 물관으로 밀어 올린

그 힘으로 부름켜를 키우고 맞이한 결실

나날이 그윽해지는 향내를 맡으며
뿌리를 생각한다
쓸데없이 생각이 깊어진다
하늘가 어디쯤에 자리 잡고
응원의 두 팔을 흔들고 있을

시큰, 가을빛이 다가선다

헐렁한 하루

고주파로 부비대던
풀벌레 소리
일순에 뚝, 멈추듯이
오늘 나의 하루가
뚝, 멈춰 섰다
정지된 헤르츠의 침묵이
가벼운 불안을 불러온다

애써, 틈새에
끼워 넣을 무언가를 찾는다
없다, 아무리 뒤적여도
풀벌레 소리 하나 찾을 수 없다

너무나 헐렁해서 어색한 여유로움
등을 길게 대고 누워
사바아사나 자세*로 심호흡을 한다
하루의 분주함 사이사이를
비껴가던 햇살이
오늘은 늑골 깊숙한 곳까지

환하게 비추겠다

* 사바아사나 자세: 심신을 안정시켜 몸을 쉬게 해 주는 요가의 한 자세.
  일명 송장 자세.

핑계의 계보

모든 핑계들은
예측하지 못하는 계보들이 있다
항상 열려 있는 틈, 그 틈으로
꼬리도 보이지 않고 빠져나가는 핑계들
어떤 유실수들은 한 해 건너
해거리를 핑계로 두고
모과들은 애벌레라는 핑계로
꼭지들을 툭툭 떨어뜨린다

가끔씩은 속이 뻔한 핑계들도
그 뻔뻔한 얼굴로 타당한 계보 속에
슬그머니 발을 들여놓는다
한편으로는 핑계가 있어
따져 물어야 할 일거리들이 또 그만큼
줄어들고 한가해지기도 하는 것이다

핑계들을 요리조리 따라다니는
눈치들의 경로에는
다 그럴 만한 사연들이 있다고
타당을 가장해 우겨 대듯

이런저런 핑계들은
짐짓, 둘러대는 이유들이 다분하다

이런 핑계마저 없다면,
꽉 막힌 앞을 견딜 만한 방법이 없다

향초

이름만큼이나 우아하게
어쩌면, 담겨 있는 것이 아니라
갇혀 있는 건지도 모를 일

저 화려한 감옥이
향을 가두고
그 이름을
가로챘는지도 모른다

비스듬히 뚜껑을 열어젖힌다
해방의 기쁨을 만끽하며
가볍게 날아오르는
라라랄라 랄라라

흠흠
우아하지도 화려하지도 않은
내 귀퉁이도
우연인 척, 슬그머니 풀어 놓고
왈츠를 추어 볼까
탱고를 추어 볼까

>
라라랄라 랄라라
라라랄라 랄라라

혼밥

성스러운 의식을 치른다
깔깔하게 돋은 혀의 돌기로
한 알 한 알 밥알을 세며
어김없이 매달리는 의구심을
목구멍 깊은 곳으로 밀어 넣는다
서투른 서러움과 외로움이
먹먹하게 흘러든다
이 낯섦의 정체가
수수만년 이어 온 익숙함의 일탈인지
미래의 질서를 위한 진화의 서곡인지

백 년 후,
예전엔 무리 지어 밥을 먹는
이해 불가의 문화가 있었다고 말할지도 모를 일
지금의 미덕이 미래의 야만으로
전락하게 될지도 모른다는 불안감이
만성 소화불량을 불러온다
낯섦과 익숙함 사이에서
내가 감내해야 할 몫의 한계가
생선 가시처럼 목에 걸려 따끔거리고

견과류 몇 알 단백질 몇 스푼에 소량의 탄수화물
하루의 생존을 위한 레시피를
꾸역꾸역 암기하며
미래를 위한 오늘의 성스러운
의식을 수행한다

중심 잡기

어김없이 지구의 공전축엔
연말이 걸려 있다
들뜬 끝자락을 밀고 난기류가 몰려온다
언젠가 찍어 놓은 일출 사진을
일몰 사진인가 의심하기도 했다
이쯤에선 호황과 불황은 마냥 휘황하기만 하고
풍향계의 머리는 어지럽게 파닥인다
팔랑이는 잎새 하나까지도 모두 떨군 나무가
땅속 뿌리에 잔뜩 힘을 주고 서 있다
보이게, 보이지 않게,
무게중심을 낮추고
버티는 중인지 끌려가는 중인지 모를
중심을 잡고 있다
나무들은 이때쯤이 가장 가벼운 때이지만
섣부르게 요동치지 않으려고
불끈불끈 뻗은 가지에 힘을 모은다
몸통 속에선 선명하게 그어질 나이테 옆
헛나이테가 흐릿하게 공전하고
나무들의 주머니마다엔
벌레들의 겨울잠이 추위를 견딘다

제자리라는 곳들, 기다리면 계절은
어김없이 찾아오고 또 지나간다
단전의 언저리가 뻐근하다

일기예보

한파주의보가 발령됐다

궤도를 이탈한 계절이
진퇴양난의 기로에서
기우뚱, 중심을 잃는다

입춘 지나고 우수 언저리에서
갈피를 잡지 못하는 체감온도
그사이
베란다 한켠으로 스며든
국지성 온난화
누구도 예상하지 못한
수상쩍은 공기의 밀도를
빠르게 감지한 게발선인장이
툭 툭 툭
한여름 우박처럼
붉은 아우성을 쏟아 낸다

이틀을 고비로
한파가 누그러진다는 예보가
빠르게 전파를 탄다

해 설

소리의 감별사

차성환(시인, 한양대 겸임교수)

황금모 시인은 삼라만상森羅萬象의 무수한 변화와 그 안에
서 벌어지는 미세한 차이를 감각하고 공명하는 자이다. 저
숲에서 불어오는 바람이 있다고 하자. 무더운 여름의 열기가
가신 처서를 지나 첫 보름달이 뜬 한밤에 불어오는 바람에는
어떤 색깔과 온도와 냄새가 담겨 있을까. 그는 '바람'을 마시
고 느끼고 분석한다. 시집의 제목 그대로 '바람의 프로필'을
그의 노트에 꾹꾹 눌러 기록한다. '바람'은 눈에 보이지 않는
것이기에 시인은 온몸의 감각을 열어 자신의 몸을 바람에 내
맡겨야 한다. '바람'과 한 몸이 되어 '바람'이 지나온 길을 기
억하고 '바람'을 따라 홀연히 사라지는 일을 감수해야 한다.
황금모 시인은 시집『바람의 프로필』에서 인간과 자연이 한
몸이 되는 서정시의 오래된 꿈을 펼쳐 놓는다. "바람 소리,

빗소리, 풀벌레 소리/ 그 소리들과 내가 하나가 되어/ 공명이 될 때까지// 더, 순해져야겠다"는 「시인의 말」은 허튼소리가 아니다. 한 장 한 장 페이지를 넘길 때마다 자연의 미세한 숨소리가 불어오는 듯하다. 공명共鳴이란 말처럼 저 자연의 소리와 하나가 되고 함께 울기 위해서는 '나' 또한 세계의 무수한 사물들 중에 하나로 놓여졌다는 사실을 깨닫는 데에서 출발해야 한다. '나'의 깊은 곳에서 나오는 소리를 들어야 한다.

틀어진 몸과 마음의
밸런스를 맞추려는지
온몸 구석구석이 삐거덕거린다
천천히, 뜨끔거리는 그 삐거덕을 달랜다

이해와 오해 사이
팽팽한 신경전을 곁눈질하다 보면
자칫 말이 꼬이기도 한다
그럴 때 의미의 이탈은 물론
애꿎은 혀가 씹히기도 한다
얼얼한 혀로 빗나간 음절을
다시 꿰맞춰 균형을 이루기까지는
한동안의 시간이 흐른 다음에야
가능해지는 것이다

몸도 마음도, 미세하게 진동하는 음절의 파동도

한순간의 방심을 놓치면
뜨끔, 담이 드는 것이다

—「담」 전문

마음과 신체의 불균형은 "담"으로 나타난다. "온몸 구석구석이 삐거덕거"리는 증상은 고통스러운 것이기는 하지만 어느 순간부터 "틀어진 몸과 마음의/ 밸런스를 맞추려는" 치료의 몸짓이기도 하다. "몸과 마음"의 불균형은 '나'의 문제에만 그치지 않고 다른 사람과의 대화에 있어서도 문제를 낳는다. 상대방과의 대화 중에 "이해와 오해 사이"를 분주하게 오가다가 "말"이 꼬여서 원하지 않는 "의미의 이탈"이 일어나기도 하는 것이다. 상대방과 소통하고자 하는 '나'의 의지가 과하다 보니 실수로 "혀"를 깨무는 일도 발생한다. 이러한 불협화음은 내 몸에서 발생하는 "몸과 마음"의 "미세하게 진동하는 음절의 파동"을 귀 기울이지 않고 놓치고 있기 때문이다. 성급한 "마음"과 이를 쫓아가지 못하는 "몸"이 자꾸 서로 맞닿고 부딪치면서 충돌한다. 결국은 "몸과 마음"의 부대낌이 "뜨끔"한 "담"이라는 증상과 통증으로 되돌아오는 것이다. 그리고 다시 "몸과 마음"의 "균형"을 되찾기 위해서는 "한동안의 시간"이 필요하다. 중요한 것은 '나'의 "몸과 마음"의 소리를 가만히 듣고 그 소리의 균형을 다시 돌려놓는 일이다. 사물에 본래의 자리가 있듯이 서로 멀어진 몸과 마음을 다시 잘 이어 주는 일이 시급하다. 서서히 마음이 몸을 돌보고 몸이 마음을 달래 줄 때 몸과 마음의 작동은 원활해진다. 비로소

'나'는 세계 속에서 내가 가진 소리를, 그 "미세하게 진동하는 음절의 파동"을 출력할 수 있게 된다. 이것이 '나'의 소리를 되찾는 일의 의미이다.

자신의 상처와 아픔에만 몰두한다면 세계의 소리를 들을 수 없다. 황금모 시인은 자신을 "상처라 칭하든 장애라 치부하든/ 커다란 혹 하나 옆구리에 차고/ 한때 아팠던 일을 애써 다독이고 있는 나무"(「목류」)와 동일시한다. 자연과의 공명을 위해서는 자신의 상처를 딛고 중심을 잡아야 한다. 그는 "산다는 건 이처럼/ 중심을 잡기 위해 흔들리며/ 비틀비틀 어지럼증을 타는 것"(「멀미」)이고 "내가 딛고 있는 내 무게란 가끔/ 언제 어느 쪽으로 넘어질지 모르는/ 불안한 중심이었다는 것"(「얼음 호수에 서다」)을 고백한다. "누구나, 지나쳐 버린/ 질척하게 밑돌던 시절"(「곰팡이의 영토」)이 있었을 것이다. "제자리를 지키는 일은 쉽지 않다/ 태연하게 어지럼증을 견디고/ 디딘 발에 힘을 주어 중심을 잡기란/ 쉽지만은 않은 것이다"(「제자리를 지키는 비용」). 삶의 풍파風波를 이겨 내고 스스로 올곧이 설 수 있는 시간이 찾아올 때, 눈앞에 나무 한 그루가 들어온다. "팔랑이는 잎새 하나까지도 모두 떨군 나무가/ 땅속 뿌리에 잔뜩 힘을 주고 서 있다/ 보이게, 보이지 않게. / 무게중심을 낮추고/ 버티는 중인지 끌려가는 중인지 모를/ 중심을 잡고 있다"(「중심 잡기」). 세계를 온몸으로 바라보기 위해서는 내가 중심을 잡고 바로 서 있어야 한다.

멍이 드는 일은 뒤늦은 반응이다

몸속에 들어온 주먹이나 손바닥이
며칠을 궁리하며 저를 삭히다가
보랏빛으로 내보내는
둥그렇게 뭉그러진 입 다문 메시지다

돌은 오랜 시간을 두고
쾅쾅 정 맞은 곳곳들을
조금씩 조금씩 어루만지며
그 타박을 푼다
오래 간직하고 있던 망치 소리를,
온몸을 흔든 망치의 울림을 제 속으로
끌어들여 천 년이 넘는 동안
달래고 또 달랜 다음에야
멍인 듯 푸릇푸릇한 이끼를
천천히 꺼내 드는 것이다

꼭 타박만이 멍이 되는 것은 아니다
긴 세월 골똘히 망설였던 말이
눅눅하게 검버섯으로 피어날 때도 있다

멍, 푸른 세월의 꽃
천 년 뒤에 필 꽃의 씨앗인 양
쾅쾅 꽃씨를 넣는 석공

돌을 쪼는 일이란

이렇듯 파종의 또 다른 방법인 것이다

—「돌이 멍들 때」 전문

자연 속에 있는 그대로의 "돌"은 아직 생명을 가지지 못한
존재이다. "돌"이라는 단단한 육체 속에 갇힌 영혼을 꺼내기
위해서는 "석공"의 "정"이 있어야 한다. "망치"로 내려치는
"정"을 통해서 "돌"은 타격을 입고 그 깊은 안쪽에 "멍"이 들
어 새로운 존재로 탈바꿈할 수 있다. "돌"은 "온몸을 흔든 망
치의 울림"을 자기 몸속에 새겨 넣고 오랜 시간 품고 있을 때
"멍인 듯 푸릇푸릇한 이끼를/ 천천히 꺼내 드는 것이다". "석
공"이 "망치"를 휘둘러 "정"을 박을 때 "돌" 속에는 "천 년 뒤
에 필 꽃의 씨앗"이 심겨진다. "돌"이 어떤 조각상이 될지는
모르지만 씨앗을 뿌리는 "파종"과 같이 새로운 생명을 "돌"의
몸에 심는 작업에 비견될 만하다. 이것은 "석공"의 일뿐만 아
니라 '시인'의 일이기도 하다. "긴 세월 골똘히 망설였던 말
이/ 눅눅하게 검버섯으로 피어"나는 것처럼 자신의 몸 깊숙
이 새겨진 "말"이 스스로 진동하면서 몸 바깥으로 '시詩'가 되
어 풀려나온다. 훌륭한 조각상으로 거듭나기 위해 "돌"이 멍
드는 일은 필수적인 것과 같이, '시인' 또한 아름다운 시詩를
쓰기 위해서는 오랜 시간 언어를 몸속에 품고 그 언어의 "멍"
을 들여다봐야 한다. "망치 소리"는 "돌"의 영혼을 깨우고 새
로운 존재로 나아갈 수 있도록 안내한다. 마치 잠에 빠진 수
행자의 어깨를 내려치는 죽비竹篦처럼 "돌"의 깊은 잠에서 깨

어나게 한다. 이는 세계 속에 한 사물로서 존재하는 '나'에 대한 자각이자 성찰이 된다. 죽은 듯이 보이는 "돌"의 한가운데에 "멍"이라는 자신의 존재성이 꽃피는 순간을 목도하는 것이다. 그것은 시인이 자신의 "멍"이자 상처를 들여다보며 시詩를 피워 올리는 과정과 흡사하다.

보름 녘 둥근 달덩이만큼이나
탐스럽게 잘 늙은 호박
오늘 아침, 일용할 양식으로
찜솥에 앉혔다

얼마 전, 화마火魔가 씌어
멀쩡한 솥을 숯덩이로 만든 적이 있다

울 수도 웃을 수도 없었던
그날을 떠올리며
수시로 뚜껑을 연다
호박이 제대로 잘 익었는지
젓가락으로 찔러 본다
여기저기 구멍이 숭숭 뚫린다
잘 익는다는 것
그것을 가늠하기 위해서는
온몸 이곳저곳에 구멍이 뚫리는 일
수도 없이 크고 작은 상처로 뒤덮이는 일

지난 날, 어떤 뾰족한 것들이 나를 찔러

잘 익도록 잘 늙어 가도록

내 몸에 숭숭 구멍을 냈을까

잘 익은 호박에서 달큰한 향기가 난다

온몸에 드러난 상처는 아랑곳없이

파근파근하게 잘도 익은 것이다

—「호박을 찌다」 전문

"탐스럽게 잘 늙은 호박"을 먹을 요량으로 "찜솥"에 앉혀 찌는 상황이다. 그러나 "얼마 전, 화마火魔가 씌어/ 멀쩡한 솥을 숯덩이로 만든 적"이 있어서 불안한 마음에 "수시로 뚜껑을 연다". "호박"을 잘 찌기 위해서는 "호박"의 상태를 확인하기 위해 수시로 "젓가락"으로 찔러 봐야 하는 것이다. 자칫하면 "호박"이 먹을 수 없게 덜 익거나 혹은 다 타 버리는 결과를 얻게 되기 때문이다. 따라서 "호박"이 잘 익기 위해서는 "호박"의 "온몸 이곳저곳에 구멍이 뚫리는 일"이 필요하다. 그 "수도 없이 크고 작은 상처"들이 "호박"을 "달큰한 향기"가 나는 "잘 익은 호박"으로 만든다. "호박"을 찌는 '나' 또한 살아오면서 잘 익고 "잘 늙어 가도록" 어쩔 수 없는 "상처"가 필요했었을 것이다. 그 "상처"를 끌어안고 견디면서 스스로 "달큰한 향기"를 품어 내는 존재로 오롯이 설 수 있었던 것이다.

다른 한편으로 보면, "호박" 찌기는 시 쓰기에 대한 비유인지도 모른다. 앞의 시 「돌이 멍들 때」와 마찬가지로 좋은 시

를 쓰기 위해서는 생生의 상처를 스스로 끌어안고 감내하면
서 오랜 시간 인내해야 한다는 의미가 아닐까. 삶이 잘 익어
가야 시詩도 잘 익는다. 세상의 모든 사물이 품고 있는 소리
의 디폴트값은 고통의 신음인가 보다. 하여 시인은 세상에 놓
인 사물의 소리를 듣는 자이다. 그 고통의 소리가 차츰 가라
앉고 존재의 성숙으로 나아갈 때 사물들은 각자만의 특색을
가진 소리를 낸다. 시인은 이들의 소리가 서로 어우러져 화답
하고 공명共鳴하면서 아름다운 화음을 내는 순간을 받아 적는
자일 것이다. 황금모 시집 『바람의 프로필』의 시적 주제가 자
연과의 공명에 있는 이유이기도 하다. 가령 그는,

　　상강 즈음,
　　들판이 비었다
　　빈 만큼 하늘이 넓어졌다
　　있다가 없는 것
　　그 속에 가득 들어앉은 고요
　　텅,
　　내 마음 한켠에도 구멍이 생겼다

　　　　　　　　　　　　　　　　　　　　—「텅」 부분

　, 과 같이 "상강 즈음" 추수가 끝난 "들판"에 "가득 들어앉
은 고요"와 마주한다. "들판"의 텅빈 풍경과 "내 마음 한켠"
에 생긴 허전한 "구멍"이 서로 울림을 만들어 내며 공명하는
것이다. "오롯이 속을 비워야 나는 맑은 소리"(「오카리나」)가 있

다. 사물과 함께 공명하고 같은 소리의 주파수를 가지기 위해서는 '나'를 비워야 한다. 그리고 여기 또 다른 소리가 있다.

> 내리는 눈이 허공을 디디는 소리
> 둥지 속 새들이 체온을 나누는 소리
> 공원에 쌓인 낙엽들이 뒤척이는 소리
> 먼 항구의 불빛이 하품을 하는 소리
> 동녘 하늘 밑, 붉은 하루가 기지개를 켜는 소리
> 어둠이 조금씩 비켜서는 소리
>
> ──「앵프라맹스」 부분

시의 제목으로 쓰인 불어 '앵프라맹스Inframince'는 직역하면 어떤 것의 이면에 있는(Infra) 아주 얇은 막(mince)을 뜻하는 합성어이다. 지각 불가능한 미세한 차이이지만 사물의 본질을 바꾸는 결정적인 차이를 만들어 낼 때 주로 사용된다. 세계에는 보이고 들리는 것만 있는 것이 아니라 보이지 않고 들리지 않는 감춰진 영역이 있다. 눈을 감고 침묵 속에서 가만히 기다려야지만 어느 순간 희미하게 나타나는 "또 다른 세계"(「곰팡이의 영토」)를 감각할 수 있는 것이다. 시인은 세계의 미세한 소리들을 듣는다. 소리의 감별사라고 할 만하다. "아직 파란 토마토를 귀에 대면/ 째깍째깍, 빨간 꼭지를 향해 달려가는/ 초침 소리가 들린다"(「토마토의 파란 시간」). "북적거리는 물방울의 구간을/ 무성한 빗줄기의 소란을 지나/ 한가한 처마 밑의 시간"(「장마 통」)을 감지한다. 생명이 없는 사물들도 어떤 소리를 가지고 있으며 그것들은 시시각각 희미하게 사라지지만 분명 세계의 한 부분을 이루고 있다. 그리고 시인이 사라지는 그 소리를 채록할 때 세계는 새롭게 거듭난다. 무성영화와 같은 무음의 흑백의 세계에서 사물들의 소리가 눈부신 빛처럼 번지는 찬연한 세계가 펼쳐진다.

> 눈 내린 아침, 수백 개의 발자국이
> 앞마당에서 놀다 갔다
> 이쪽 저쪽 발자국들을 마주 섞으며
> 놀다 간 흔적
> 여러 종류의 새들이 떨구어 놓고 간
> 한겨울의 낙화들
>
> 하늘에서 피어난 꽃송이들은
> 뿌리도 줄기도 없이 온통
> 즐거운 춤사위뿐이다
> 한번 피어나기 시작하면
> 무중력 속에서 세포분열을 일으켜
> 한바탕 꽃으로 즐기다가
> 꽃으로 진다
>
> 내게도 저렇게 놀았던 흔적이 있을 텐데
> 어느새 다 녹고 말았다

놀다 간 흔적만 봐도 즐거운 아침

왜 갈수록 즐거운 곳들은 점점 좁아지고

오래 서성이는 일만 생기는지

눈밭에 찍힌 즐거움들을

며칠만이라도 그대로 꽁꽁 얼려 두고 싶지만

바닥에 찍힌 꽃송이들은 오래지 않아

그만 시들고 말 것이다

숱한 꽃잎만 떨구어 놓고

어딘가에서 곤히 잠들어 있을

한바탕 마당을 놀다 간 새들의 발바닥엔

한동안 꽃향기가 배어 있을 것이다

　　　　　　　　　　　—「눈밭과 놀았다」 전문

　눈이 내린 아침, "앞마당"에 나가 보니 새들이 "놀다 간 흔
적"이 있다. 시인은 새들이 쌓인 눈을 밟아서 남긴 발자국을
"한겨울의 낙화들"이라고 부른다. 하늘에서 내리는 눈은 "꽃
송이들"처럼 "즐거운 춤사위"를 보이며 겨울 한 철 내렸다가
사라진다. 마치 새들은 이 한겨울에 꽃놀이를 즐기듯이 이리
저리 눈밭을 뛰어다니면서 "즐거움"을 맛보았을 것이다. 봄
의 꽃송이도, 한겨울의 눈송이도 다 한철이다. 지나면 다시
오지 않는 인생과 닮아 있다. "온몸 불살라/ 스쳐 지나가는
손님별처럼/ 봄눈/ 가로등 밑으로 뛰어들어/ 순간의 꽃으로
피었다 진다"(봄눈). 시인은 새들이 "놀다 간 흔적"을 보면

서 '나' 또한 "저렇게 놀았던 흔적이 있을 텐데/ 어느새 다 녹고 말았다"는 진술을 통해 인생의 덧없음을 이야기한다. 지금이 아니면 누리지 못한 생生. 그러나 헛되기만 한 것이 아니다. "한바탕 마당을 놀다 간 새들의 발바닥엔/ 한동안 꽃향기가 배어 있을 것"이라는 말처럼, 시인은 생의 아름다움을 믿는 자이다.

황금모 시인은 자신의 상처를 딛고 일어나 자연을 마주한다. 각각의 사물들이 자신만의 소리와 색깔로 분주하게 빛나고 있다는 사실을 깨닫는다. 시인은 그 사물의 주파수에 맞추어 공명하고 그것을 언어로 기록하는 자이다. "태양이 기울고 고도가 낮아지면 바람의 시력은 차츰 꽃에서 나무로, 나무에서/ 열매로 옮겨 가 그 빛깔과 단내를 읽기 시작한다"(「바람의 프로필」). 마치 이 '바람'과 같이 자연 속의 사물들 사이를 이리저리 주유周遊하면서 그것의 아름다움을 읽는 자이다. 그리고 그가 꺼내 놓은 언어들은 "이슬과 별빛으로 빚은 시"(「오카리나」)가 된다. 시인이 자연과 하나가 되어 공명하게 되었다는 것은 곧 사랑에 들었다는 의미일 것이다. "사랑이라는 건 천천히 스며들어/ 하나가 되는 것"(「수묵화의 본적지」)이다. 이로써 타자와 하나가 되어 그의 소리를 언어로 받아적는 시인의 일이 곧 사랑이라는 것을, 나는 알겠다.

천년의시인선

0001 이재무 섣달 그믐
0002 김영현 겨울 바다
0003 배한봉 黑鳥
0004 김완하 길은 마을에 닿는다
0005 이재무 벌초
0006 노창선 섬
0007 박주택 꿈의 이동 건축
0008 문인수 홰치는 산
0009 김완하 어둠만이 빛을 지킨다
0010 상희구 숟가락
0011 최승현 이 거리는 자주 정전이 된다
0012 김영산 冬至
0013 이우걸 나를 운반해온 시간의 발자국이여
0014 임성한 점 하나
0015 박재연 쾌락의 뒷면
0016 김옥진 무덤새
0017 김신용 부빈다는 것
0018 최장락 와이키키 브라더스
0019 허의행 O그램의 시
0020 정수자 허공 우물
0021 김남호 링 위의 돼지
0022 이해웅 반성 없는 시
0023 윤정구 쥐똥나무가 좋아졌다
0024 고 철 고의적 구경
0025 장시우 섬강에서
0026 윤장규 언덕
0027 설태수 소리의 탑
0028 이시하 나쁜 시집
0029 이상복 허무의 집
0030 김민휴 구리종이 있는 학교
0031 최재영 루파나레라
0032 이종문 정말 꿈틀, 하지 뭐니
0033 구희문 얼굴
0034 박노정 눈물 공양
0035 서상만 그림자를 태우다
0036 이석구 커다란 잎
0037 목영해 작고 하찮은 것에 대하여

0038 한길수 붉은 흉터가 있던 낙타의 생애처럼
0039 강현덕 안개는 그 상점 안에서 흘러나왔다
0040 손한옥 직설적, 아주 직설적인
0041 박소영 나날의 그물을 꿰매다
0042 차수경 물의 뿌리
0043 정국희 신발 뒷굽을 자르다
0044 임성한 이슬방울 사랑
0045 하명환 신新 브레인스토밍
0046 정태일 딴못
0047 강현국 달은 새벽 두 시의 감나무를 데리고
0048 석벽송 발원
0049 김환식 천년의 감옥
0050 김미옥 북쪽 강에서의 이별
0051 박상돈 꼴찌가 되자
0052 김미희 눈물을 수선하다
0053 석연경 독수리의 날들
0054 윤순영 겨울 낮잠
0055 박천순 달의 해변을 펼치다
0056 배수룡 새벽길 따라
0057 박애경 다시 곁에서
0058 김점복 걱정의 배후
0059 김란희 아름다운 명화
0060 백혜옥 노을의 시간
0061 강현주 붉은 아가미
0062 김수목 슬픔계량사전
0063 이돈배 카오스의 나침반
0064 송태한 퍼즐 맞추기
0065 김현주 저녁쌀 씻어 안칠 때
0066 금별뫼 바람의 자물쇠
0067 한명희 마른나무는 저기압에가깝다
0068 정관웅 바다색이 넘실거리는 길을 따라가면
0069 황선미 사람에게 배우다
0070 서성림 노을빛이 물든 강물
0071 유문식 쓸쓸한 설렘
0072 오광석 이계견문록
0073 김용권 무척
0074 구회남 네바강의 노래

0075 **박이현** 비밀 하나가 생겨났는데

0076 **서수자** 아주 낮은 소리

0077 **이영선** 도시의 풍로초

0078 **송달호** 기도하듯 속삭이듯

0079 **남정화** 미안하다, 마음아

0080 **김젬마** 길섶에 잠들고 싶다

0081 **정와연** 네팔상회

0082 **김서희** 뜬금없이

0083 **장병천** 불빛을 쏘다

0084 **강애나** 밤 별 마중

0085 **김시림** 물갈퀴가 돋아난

0086 **정찬교** 과달키비르강江 강물처럼

0087 **안성길** 민달팽이의 노래

0088 **김숲** 간이 웃는다

0089 **최동희** 풀밭의 철학

0090 **서미숙** 적도의 노래

0091 **김진엽** 꽃보다 먼저 꽃 속에

0092 **김정경** 골목의 날씨

0093 **김연화** 초록 나비

0094 **이정임** 섬광으로 지은 집

0095 **김혜련** 그때의 시간이 지금도 흘러간다

0096 **서연우** 빗소리가 길고양이처럼 지나간다

0097 **정태춘** 노독일처

0098 **박순례** 침묵이 풍경이 되는 시간

0099 **김인석** 피멍이 자수정 되어 새끼 몇을 품고 있다

0100 **박산하** 아무것도 묻지 않았다

0101 **서성환** 떠나고 사라져도

0102 **김현조** 당나귀를 만난 목화밭

0103 **이돈권** 희망을 사다

0104 **천영애** 무간을 건너다

0105 **김충경** 타임캡슐

0106 **이정범** 슬픔의 뿌리, 기쁨의 날개

0107 **김익진** 사람의 만남으로 하늘엔 구멍이 나고

0108 **이선외** 우리가 뿔을 가졌을 때

0109 **서현진** 작은 새를 위하여

0110 **박인숙** 침엽의 생존 방식

0111 **전해윤** 염치, 없다

0112 **김정석** 내가 나를 노려보는 동안

0113 **김순애** 발자국은 춥다

0114 **유상열** 그대가 문을 닫는 것이다

0115 **박도열** 가을이면 실종되고 싶다

0116 **이광호** 비 오는 날의 채점

0117 **박애라** 우월한 유전자

0118 **오충** 물에서 건진 태양

0119 **임두고** 그대에게 넝쿨지다

0120 **황선미** 길의 끝은 또 길이다

0121 **박인정** 입술에 피운 백일홍

0122 **윤혜숙** 손끝 체온이 그리운 날

0123 **안창섭** 내일처럼 비가 내리면

0124 **김성렬** 자화상

0125 **서미숙** 자카르타에게

0126 **최을순** 생각의 잔고를 쓰다

0127 **김젬마** 와랑와랑

0128 **최혜영** 그 푸른빛 안에 오래 머무르련다

0129 **진영심** 생각하는 구름으로 떠오르는 일

0130 **김선희** 감 등을 켜다

0131 **김영관** 나의 문턱을 넘다

0132 **김유진** 다음 페이지에

0133 **김효숙** 나의 델포이

0134 **오영자** 꽃들은 바람에 무게를 두지 않는다

0135 **이효정** 말로는 그랬으면서

0136 **강명수** 법성포 블루스

0137 **박순례** 고양이 소굴

0138 **심춘자** 낭희라는 말 속에 푸른 슬픔이 들어 있다

0139 **이기종** 건빵에 난 두 구멍

0140 **강보남** 야간 비행

0141 **박동길** 달빛 한 숟갈

0142 **조기호** 이런 사랑

0143 **김정수** 안개를 헤치고

0144 **이수니** 자고 가

0145 **황진구** 물망초 꿈꾸는 언덕에서

0146 **유한청** 크리스마스섬의 홍게

0147 **이정희** 모과의 시간

0148 **모금주** 빛의 벙커들 각을 세우고

0149 **박형욱** 감정 여행, 그 소소한

0150 **이하** 반란

0151 **김상조** 시 바람 느끼기

0152 **백명희** 달의 끝에서 길을 잃다

0153 **홍병구** 첫사랑

0154 **박경임** 붉은 입술을 내밀고

0155 **최영정** 나의 라디오

0156 **정건우** 직선

0157 **황금모** 바람의 프로필